EL BURRITO OBEDIENTE

Jorge Montes

Ilustrado por Ángel Flores Guerra B.

Publicado por Ibukku
www.ibukku.com
Diseño y maquetación: Índigo Estudio Gráfico
Ilustraciones: Ángel FloresGuerra Bistrain
Copyright © 2020 Jorge Montes
ISBN Paperback: 978-1-64086-770-3
ISBN eBook: 978-1-64086-771-0

CAPÍTULO 1
LA MAMÁ BURRA TIENE A SU BURRITO

Una mañana, nació un hermoso burrito. El jefe de la casa lo llamó *Hermoso Amanecer*.

La mamá y su cría estaban sanos.

Gabriel era el dueño de la casa y Josefina, su esposa. Ellos tenían tres niños. La familia estaba feliz por el recién llegado.

Ese día se juntó la familia y los niños de los vecinos.

Todos, emocionados, veían al burrito, que apenas se podía mantener en pie por lo flaquito que era. Y todos, alegres, lo miraban y reían.

CAPÍTULO 2
LA MAMÁ HABLA AL BURRITO

"Mira, pequeñito, muchos niños vinieron a verte."

El burrito miraba a su mamá, a todos los niños y a la gente adulta.

La mamá estaba feliz y no se cansaba de acariciar a su hijito.

El burrito no le hablaba, pero su instinto captaba su alegría y movía sus orejitas como queriendo jugar. Quería correr, pero se caía y los niños reían.

Así pasó el tiempo.

CAPÍTULO 3
CONSEJOS DE MAMÁ BURRA

El burrito creció hermoso, sano y fuerte.

Su mamá le enseñó sobre cómo será su vida, le explicó:

"Cuando seas grande, te pondrán una silla de montar. Te montarán los patrones o los niños y tendrás que ser un burrito bueno para que no te castiguen.

Cuando vayas por los caminos, ve deprisa y con cuidado.

No seas matrero para que no te castiguen, para que no te golpeen.

Sé muy listo cuando te den de comer, come bien para que estés fuerte.

Cuando andes por los caminos y te den agua, toma bien para que no pases sed."

El burrito era muy listo y puso atención a todo.

CAPÍTULO 4
MAMÁ BURRA EXPLICÓ CON TRISTEZA

Hermoso Amanecer siguió creciendo y aprendiendo.

Una vez, los vecinos de al lado subieron unos burros y caballos a un camioncito y *Hermoso* preguntó:

"¡Mira, mamá! ¿A dónde los llevan? Yo también quiero ir."

Su mamá contestó con tono triste:

"Hijo, se los llevan porque ya son viejos y ya no los ocupan, ya no los quieren."

Hermoso no entendió que los dueños los vendían baratos como comida de leones, pues para trabajar ya no servían.

Por eso, pensó:

"Cuando yo sea grande, iré con ellos."

CAPÍTULO 5
EL BURRITO MIRA EL TRABAJO
DE SUS MAYORES

Mamá burra cargaba dos jarras de ocho galones de agua, una por cada lado.

El *Hermoso* iba detrás de ella, muy orgulloso.

Miraba a los otros burros de carga, unos llevaban leña, otros maíz, y más, y pensaba:

"Cuando yo sea grande, seré más fuerte que todos ellos."

Una vez que llegaron a su corral después del trabajo, su mamá le explicó:

"¿Viste, hijo, que la dueña nos trató bien hoy?"

Y el burrito preguntó:

"¿Por qué fue así?"

Ella le contestó:

"Mira, si eres fuerte y te portas bien, te tratarán así siempre."

CAPÍTULO 6
EL BURRITO SE DESPIDE DE SU MAMÁ

Hermoso Amanecer ya era un poco más grande.

A veces se llevaban a su mamá y luego volvía al rancho. Una tarde, se fue y ya nunca más regresó.

Él se puso triste y esa primera noche no durmió.

Pasó las siguientes noches recordando cómo su mamá lo ayudaba y explicaba todas esas cosas del cielo.

Ahora sin su mamá seguía contando las estrellas, pero se equivocaba, ya no se le hacían tan hermosos los luceros. ¿Para qué ver el arado o la luna sin su mamá? Ya nada brillaba igual.

"Qué soledad, ¿qué ha pasado con mamá?, ¿por qué no regresó?"

CAPÍTULO 7
LA VIDA DE *HERMOSO* EMPIEZA A CAMBIAR

El burrito, sin darse cuenta, seguía los consejos de su mamá.

Cuando los niños se le acercaban y le hacían cariños, él correspondía.

La dueña de la casa, Josefina, al ver cómo se portaba *Hermoso*, también empezó a encariñarse con él.

Cuando *Hermoso* tuvo la edad suficiente para que lo montaran, don Gabriel se le acercó con la silla de montar y le dijo:

"Tranquilo, burrito, voy a ponerte la silla y el freno para que te vayas acostumbrando."

El animalito se acordó de su madre cuando le explicó lo de la silla

Y así pasaron unos días. Le pusieron la silla, pero no lo montaron. Eran incómodos el freno y el pretal porque le apretaban la barriga, pero eran soportables.

Un día, los dueños llevaron una burrita más o menos de su edad.

Hermoso se puso contento porque ya no estaría solo, caminaba de un lado para el otro.

Y ya por fin se hicieron amigos.

CAPÍTULO 8
COSAS QUE LOS BURROS TENÍAN EN COMÚN

La burrita tenía un bonito nombre, *Rosa del Campo*, y se notaba que era obediente y cariñosa con los niños.

Bueno, así nació la amistad entre ella y *Hermoso Amanecer*.

Un día, se contaron sus penas.

Ella le dijo:

"Me sacaron de mi corral y me trajeron acá. Mi madre ya me había prevenido que nuestros dueños podían venderme algún día, pero yo la extraño mucho."

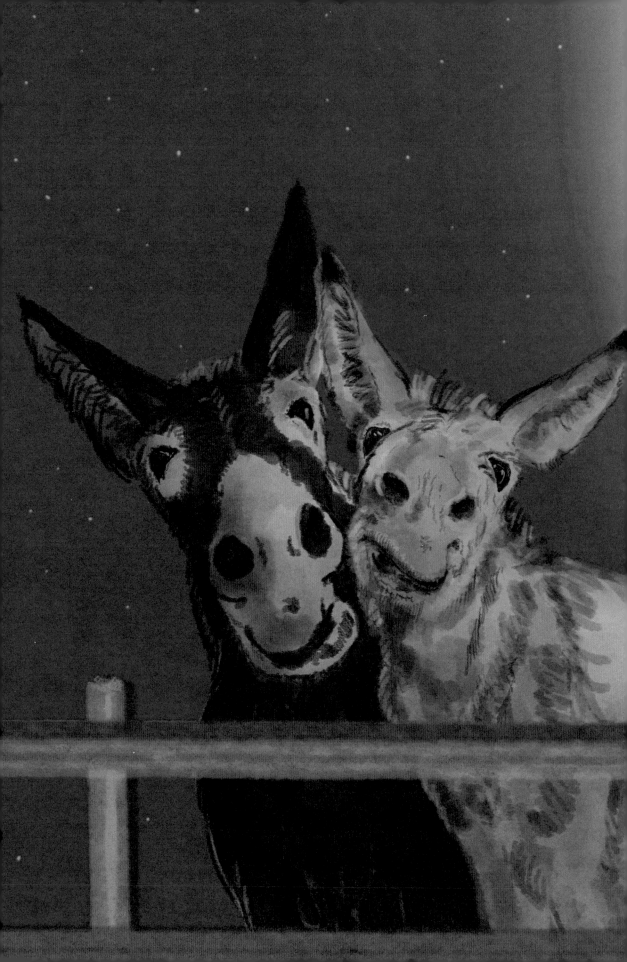

Cayó la noche. *Hermoso* miraba hacia arriba, sin querer, se le salieron unas lágrimas y dijo sollozando:

"Mi madre me ayudaba a contar las estrellas, a descubrir las figuras que forman allá en el cielo."

Rosa lo interrumpió:

"Oye, oye, tranquilo. Mi madre decía que a todos los de nuestra especie nos pasa lo mismo, tenemos que resignarnos y ponerle ganas, no perder el ánimo ni la cordura."

Contestó él:

"Tú hablas y piensas como mi madre."

Ella dijo:

"Lo que pasa es que tu mamá y la mía nos amaban y aconsejaron igual."

Y sonrieron con ironía.

CAPÍTULO 9
LA PRIMERA MONTADA DE
HERMOSO AMANECER

Por fin, llegó el día en que *Hermoso* sería montado por primera vez.

Don Gabriel se acercó al burro, que ya era grande, lo ensilló y le hizo cariños. Después, le dijo:

"Bueno, bonito, ha llegado la hora de que se te acomode el lomo, sé fuerte y aguanta."

Lo montó y, claro, *Hermoso* sintió el peso, pero era soportable.

Hermoso y don Gabriel salieron a caminar fuera del rancho. El *Hermoso* fue al campo, orgulloso de poder llevar a su dueño en el lomo. Se portó tranquilo y fue bueno para caminar.

Luego de caminar como por dos horas, regresaron a casa.

Don Gabriel lo desensilló y lo revisó. Asombrado, le dijo a su esposa, que lo esperaba:

"Mira, mujer, lo lastimó la silla y no se dobló ni se tendió.

Hummm, salió bueno este burrito, muy mansito."

La señora Josefina contestó:

"Salió igual que la mamá. Así que lo dejas para el servicio de la casa."

Hermoso fue llevado al corral para curarlo.

CAPÍTULO 10
LA BURRITA ESPERA EMOCIONADA A *HERMOSO* EN EL CORRAL

Rosa del Campo lo esperó en el corral y cuando lo vio llegar, le preguntó:

"¿Cómo te fue? ¿Te hiciste daño?"

Y contestó el otro:

"Bah, no fue mucho, pero cómo duele. Mi madre no me explicó esta parte, ni que me iban a gritar cuando me tropezara. Pero sí tenía razón en que si uno afloja el paso, recibes el primer azote."

Y dijo ella:

"Mira, te salió poquita sangre por el freno."

Hermoso contestó:

"Algo sin importancia."

Los dos se confortaron y pasaron una noche bonita. Casi no durmieron admirando la luna y las estrellas.

A él le pareció que había más estrellas y que el cielo era más hermoso que de costumbre.

CAPÍTULO 11
LA VIDA DE LOS CABALLOS

En el corral de al lado, vivían los caballos, o sea, los tíos de los burros.

Hermoso Amanecer comentó:

"A ellos los tratan diferente. Los domingos los bañan, los sacan a pasear y los llevan a ver a las novias de los amos."

Rosa del Campo lo interrumpió diciendo:

"Vive la vida lo mejor que puedas, no te fijes en diferencias para que no te amargues la vida. Ellos también sufren, los ponen a jalar el arado, a torear con los amos encima.

Cuando los amos andan tomados, los hostigan muy feo.

Los jóvenes, por presumir y demostrar cosas a las novias, tratan mal a los pobres caballos. Mi madre me explicó todo eso y lo he visto."

Y dijo el otro:

"Tienes razón. Mirándolo así, no me puedo quejar."

CAPÍTULO 12
HERMOSO RECIBE UNA GRAN NOTICIA

Pasó el tiempo.

Rosa del Campo quedó encinta.

Hermoso no cupo de la emoción en el corral, corrió de un lado al otro.

Acarició a su compañera y ella no supo cómo calmarlo. Le decía:

"Ya, cálmate."

Los dueños también estaban muy contentos.

Josefina comentó:

"Ojalá salga igual a *Hermoso* en lo obediente, listo y tranquilito."

Todos, contentos, acariciaron a la pareja de burritos.

CAPÍTULO 13
DISCUSIÓN FAMILIAR

Ese mismo día, dentro de la casa, los dueños discutieron el futuro de *Hermoso*.

Don Gabriel dijo:

"Mujer, sería bueno ir pensando en vender a *Hermoso* y…"

La señora gritó:

"Mi vida, ¿de qué hablas? Todos nos hemos encariñado con *Hermoso*. Es obediente, bueno para caminar, muy tranquilo. No pienses venderlo. ¿Te imaginas en qué manos caerá?"

"Pero, mujer, ya viene en camino otro burrito."

Ella contestó con energía:

"Sí, pero a *Hermoso* me lo dejas donde está."

El marido salió de casa disgustado. La señora, por impulso, fue al corral y abrazó al burro y le hizo cariños.

La pareja de burritos se miró uno al otro, impresionados, sin saber qué pasó.

Y así quedaron las cosas.

CAPÍTULO 14
TIEMPO DESPUÉS, *HERMOSO* ES PADRE

Tiempo después, el hijo de *Hermoso* nació.

Loco de emoción y contento, él y todos festejaron como cuando nació, aunque no fue igual, los niños ya no eran pequeños.

El burro le dijo a su pareja:

"Yo nunca conocí a mi padre, seguro lo vendieron antes de que yo naciera."

Rosa del Campo contestó:

"No te pongas triste y disfruta el momento, no sabes si al rato te venden a ti o a mí."

Contestó el otro:

"Tienes razón, disfrutaré este hermoso momento."

Hermoso Amanecer ya era más maduro sobre lo que pasaba a su alrededor.

Su pareja le explicó lo que les pasaría cuando fueran viejos. Sí, lo de los leones. Él trató de tener buena actitud.

Cuando miraba a su hijo, se olvidaba de todo eso.

CAPÍTULO 15
OTRO DÍA DE TRISTEZAS Y DESPEDIDAS

Un día, se llevaron a *Rosa del Campo* y no regresó.

Hermoso y su hijo quedaron solos.

El burro trató de consolar a su burrito, trató de enseñarle lo necesario para la vida que le esperaba.

Hermoso trataba de ser fuerte, pero por dentro lloraba.

Como burro, tenía buen corazón y pensaba en el futuro de su hijo, a quien los dueños llamaron *Relámpago*, pues era pequeñito y se movía rápido.

Papá burro no sabía por qué vendieron a *Rosa* y no a él.

CAPÍTULO 16
ALGO INESPERADO SUCEDE

Hermoso preparó a *Relámpago* lo mejor que pudo.

Le explicó lo de la silla, que debe caminar rápido, que debe ser obediente.

Relámpago tenía chispa, era inteligente y muy atento. Seguía todo al pie de la letra, lo que su papá celebraba.

Un día, *Hermoso* se dio cuenta que se llevaron a su hijo. Él entendió lo que había pasado. Supo que vendieron a *Relámpago*.

El único gusto que le dio fue que los nuevos dueños parecían gente buena.

Hermoso quedó de uso exclusivo de Josefina, la dueña, quien sí lo quería mucho.

Más tarde, los dueños trajeron un nuevo burro, medio rebelde, al corral.

Hermoso trató de ayudarlo, lo aconsejó y él trató de escucharlo.

CAPÍTULO 17
HERMOSO SE HACE VIEJO

Hermoso esperó paciente, ¿cuándo le tocaría ser comida de leones?

Todavía era fuerte y no se quejaba para nada.

Una vez, se sintió cansado, sintió que el agua que llevaba en el lomo era más pesada. Su dueña lo notó.

Josefina le dijo a su esposo que el burrito ya era viejo. Gabriel contestó:

"Lo podemos ven…"

La mala cara de su mujer no lo dejó terminar. Entonces le contestó:

"Mira, Gabriel, a mi burrito lo dejas tranquilo. Ni lo pienses."

Dijo el otro:

"Está bien, está bien. Haz lo que quieras con tu burro."

Y salió de mala gana de la casa, igual que antes.

CAPÍTULO 18
LA DUEÑA ES MUY CONSIDERADA CON SU BURRO

Al burrito ya le fallaban las fuerzas, se notaba al punto que ya no podía cargar las jarras de agua de su dueña.

Entonces ella le dejaba abierta la puerta del patio para que el burro entrara y saliera cuando quisiera. Cuando la puerta estaba cerrada, ella salía y la abría.

Por increíble que le parecía a *Hermoso Amanecer*, la señora lo abrazaba, le hacía cariños y le daba de comer.

CAPÍTULO 19
HERMOSO DUERME UN POQUITO CONFUNDIDO

Una tarde, *Hermoso* se echó bajo un frondoso agüilote y se puso a reflexionar.

"Mi dueña me trata muy bien, quizás porque me porté bien, como mi madre me aconsejó.

¿Pero por qué no me vendieron? ¿por qué no me vendieron a los leones como a los otros?¿por qué la dueña todavía es cariñosa conmigo?"

El burrito, pensando, reflexionando, se durmió para no despertar más.

Hermoso Amanecer no se dio cuenta que los consejos de su mamá burra lo salvaron de malos tratos y de ser vendido para comida de leones.

Por eso fue libre sus últimos meses de vida.

El burrito murió tranquilo por seguir consejos y ser obediente.

Made in the USA
Columbia, SC
28 September 2022

68010041R00029